站在星光的袖口上

安然 著

SPM
南方传媒

广东人民出版社

·广州·

图书在版编目（CIP）数据

站在星光的袖口上 / 安然著. —广州：广东人民出版社，
2022.7

ISBN 978-7-218-15779-5

Ⅰ．①站…　Ⅱ．①安…　Ⅲ．①诗集—中国—当代
Ⅳ．①I227

中国版本图书馆CIP数据核字（2022）第087759号

ZHAN ZAI XINGGUANG DE XIUKOU SHANG

站在星光的袖口上

安然　著

出 版 人：肖风华

责任编辑：古海阳　陈　丹
封面设计：萨福书衣坊
装帧设计：友间文化
责任技编：吴彦斌　周星奎

出版发行：广东人民出版社
地　　址：广州市越秀区大沙头四马路10号（邮政编码：510102）
电　　话：（020）85716809（总编室）
传　　真：（020）85716872
网　　址：http://www.gdpph.com
印　　刷：佛山市迎高彩印有限公司
开　　本：787mm×1092mm　1/32
印　　张：4.625　字　数：80千
版　　次：2022年7月第1版
印　　次：2022年7月第1次印刷
定　　价：48.00元

如发现印装质量问题，影响阅读，请与出版社（020-85716849）联系
调换。售书热线：（020）85716826

第一辑　金桔皇冠

第二辑　火焰之歌

Zhanzai
Xingguang De
Xiukoushang
站在星光
的袖口上

002

站在星光
的袖口上
Zhanzai
Xingguang De
Xiukoushang

004

第三辑　二月生霜

Zhanzai
Xingguang De
Xiukoushang
站在星光
的袖口上

006

第一辑

———

金桔皇冠

给我

Zhanzai
Xi... ...g De
Xitikoushang

站在星光
的袖口上

002

给我水
给我灵感
给我修建一座房子
没有春天的池塘

给我灵魂
爱
和野兽般的命运

给我——
比夜，还要辽阔的生命

难过

我为鹰的突然坠落而难过
我为风的暴戾而难过
我为长白山上负伤的母鹿而难过
我为村落的枯槁而难过
我为晨光中正在接受消融的雪而难过

我也为自己难过
长久以来，我从未获得先人的锋芒与理想

金桔皇冠

站在星光
的袖口上

Zhanzai
Xingguang De
Xiukoushang

004

我是一个小小的金桔
头戴皇冠，在众人中孑然而立

那个在日光的照耀下，赤裸，凝望——
小小的，散发清香气味的，是我

未来的某个清晨

露珠缀满花楸，雾凇挂满云杉
天空、大地和人群都在黎明中苏醒过来
炊烟在白云中飘
雀鸟也是

在东北平原
未来的某个清晨，你走在白山的松枝中
拾捡浩瀚的雪和四野的回音

在未来的某个清晨
你采摘着栗色的蹄印，先人叩拜着神灵

晨记

Zhanzai
Xin Guang De
Xiukoushang
站在星光
的袖口上

006

啜饮着晨风
梳理着人世的渺茫
你想象着亿万个清晨
来到你的唇上

甘露轻盈，蜂群歌唱
雪雀在你用灵魂砌成的岩层中
火苗不会因为六月的结束
而离开燃烧的稻藁

时光渗着雨，我读着安德拉德
晨曦在山间笼罩着白玉兰
倦鸟飞出我的梦幻
你心尖的平仄跟随着群山起伏

船手与岛屿

我攥紧的拳头中有光
我敞开的怀中有黎明前的日出
有水，有海浪，还有层林

我知道这些并不重要
你已经笃信：船帆
已在归程

我们的海员将从明天起
来到你全部的诗行中
航行、捕捞

在无尽的夜晚
在我们彼此惦怛的时刻

在风中颤抖

Zhanzai
Xingguang De
Xiukoushang

站在星光
的袖口上

008

不是别的
我在深夜敲击的诗行
有寂静、沉思
以及人们沉睡时孤独的掌声

完美在空格间转换
不是别的
每当我敞开空落落的身体

洁白的乳房
总在风中颤抖

周末

盼望着这样的周末
早睡，晚起，读一本诗集
剩下的时间用来发呆

一个长长的故事必然是
充满硝烟、冒险，和浓烈的拥抱与亲吻

有人在古老的城墙上虚构月亮和战火
一首未尽之诗站在灯芯上
沐浴南方的阳光

盼望着一场无关未来的相爱
两个相互吸引的人，紧紧地
相拥在五月的雨水里，等待潮起潮落

途中记

Zhanzai
Xingguang De
Xiukoushang
站在星光
的袖口上

010

你们可以是水中的茉莉
缺少四月的明媚

你们可以是笼中的白虎
抑或，某个傍晚的蓝色
你们只是在我的眼中

跳动了一下
又一下

在我们奔赴死亡的途中

献词

这杯必将举过我们的头颅
敬宁静，永恒，璀璨，一种洁净
和体内的辽阔

敬尘埃中的短暂和永恒
马蹄踏过月光
我尝试用无尽的哭泣
赞美你歌声中涌动的惊喜

我尝试在暴风骤雨中
拾取翠绿的影子
和一个干瘪的自己
献给你，和你的人民

无果之秋

从骨中来，从鳞片中来
提着高山和流水

从古代的腥气中来
去翻悔，去顿悟
去打望无果的秋
和野兽的仓皇出逃

翠竹和风声说来就来
在灯火明亮的夜晚
只有流亡者在宽恕，在忏悔

如有黎明初生
我将从傲慢中来，给予你
春华、光晔和白蘋之香
以及一种颤抖中迟疑的愤怒

你

雾散，云起
我们坐在藤蔓的叶子上
谈论盖亚
这一河的睡莲簇拥着大地
在橡树下娇羞、打盹……
宛如像黄昏一样倦怠的你
在雨中抽泣
在一只拳头里啃食野果

你是玛利亚怀中的婴儿
你是一阵热空气
伴流水进入亚热带
你是风，是云，是雨
是我心中不可或缺的广袤

花落，水涌
我们坐在前朝的月光里
谈论天地
这一世的繁华，我们
必然要把它抱在怀中

疼

Zhanzai
站在星光
Xi ... ng De
的袖口上
Xiukoushang

014

为此，我吃掉更多的铁
更多坚硬的摧毁，和灭亡

为此，我忍受针穿过手指
钳子在口腔里的动乱

为此，我拿出全部的家当
连同身体里的盐水

为此，我戒掉奢望和幻想
在荒原上燃烧一把旧骨头

为此，我贫瘠的双肩承担灾难
玉养的锁骨装满人间的风雨

五月的赤峰

从鲁迅文学院结业后，我回到这里
在两个半小时的高铁上，我又看到无垠
以及焦黄的草叶
它们秩序井然地坐落在营寨、牧场
和农场，对大地保持敬慕
列车碾过村庄的祥和与低处的坟茔
多年来，它日月穿行
在每一个冬日的清晨整理空中的棉絮
它用浩瀚的流水和广袤的蓝填补我内心的空白
它耗尽全力托举我的梦幻
以及我对北方全部的深情和哑默
五月的赤峰，是我心腔的火焰，和眼中的寒莹

一个未来

Zhanzai
Xin... ...ng De
站在星光
的袖口上
Xiukoushang

016

我们摘白白的云，摇青青的树
金色的黄昏从南到北
绕过我们在春天种下的槐杨
有时我们想着
在心中描摹未来的河流
和水边的绿房子

在波光的倩影里
在青苔的白墙上
我们交换着心意，变换着春日
递来的月色
我们只是想把迟暮的山河
交给依次站立的人

春天的火舌

我们沉默
在春天的火舌到来之前
我们静候人世的安宁
做着简陋的事情，如同野蛮人
在河边垂钓

我们信誓旦旦
将渚清沙白奉给苍茫和未知
奉给遥远的古代
那星辰璀璨
那战马嘶鸣

那无数烽火将穿过我们的爱
来到闪电的瞬息里
生长、消亡——
承受命运的炙烤
滴水石穿

安

祝我平安
祝我在朝霞的璀璨中获得安宁
祝我日日夜夜安然无恙
祝我在地球的子宫中安全出生

松花江流域的安佳氏和那拉氏
我最遥远的先人

是什么让我想起王朝的兴衰
是什么让我返回一个民族
内部的葳蕤和热烈
是血液
是血液沸腾时我不住地回望铁蹄的
铿锵，和索龙杆的矗立

夜无风，月上梢
祝我安逸
祝我心中的王朝溢满光辉
祝我手中的历史，安详如死者
让后人一遍遍抚顺它栗色的皮毛

Zhanzai
Xingguang De
Xiukoushang
站在星光
的袖口上

018

灰烬散尽

因为爱，我选择了损毁
因为爱你，我选择了燃烧
直至灰烬，散尽——

小妖精

Zhanzai
Xingguang De
Xiukoushang

站在星光
的袖口上

020

我要扮成小妖精，引诱你
用细小的爪，勾住你
用舌，圈住你
如果你上瘾，我再用腰缠住你
死死不放

我是你的小妖精，在山谷
我谁也不信，只信你
你说小妖精是媚的，她就媚
你说小妖精是妖的，她就妖
你说小妖精有毒，会使美人计
她就雀跃、欢喜……
当你中毒愈深时，小妖精就是药
中药西药，泻火的药、解毒的药，良药苦口
都要喂你一一吃下

这般活着

我每天编书、写诗，按时挤地铁
吃有毒的蔬菜，在一个人的小房间反省
在城里，我是这般活着

我这般爱着，叙述软弱和卑微
在透骨的风中描述一个人的走向
从怀里拿出刀子的那一刻
我反手给自己一巴掌

我这样强迫着自己
我想过来世，另一个星球
该以怎么样的方式生活
在每一个冬日的早晨，我用棉絮盖住身体
盖住体内的积雪和人间的喑哑

第二辑

——

火焰之歌

阳光照耀

Zhanzai
Xin ng De
站在星光
的袖口上
Xiukoushang

024

明亮的时候，就把被子、棉衣
和一堆旧报纸旧书籍搬出来

晾在阳光的下面
像把自己晾在干燥的大地上
赤裸——
均匀呼吸——
拒绝内心长出菌斑和苔藓——

明亮的时候，就将全部的光芒
铺在广袤的人间
披上铠甲，穿越闪电和雷鸣

18K 金的闪光

爱，或不爱
用我心中坚硬的壳

爱，或不爱
尽管大声尖叫，直到声嘶力竭

爱，接受一切的给予
包括脆弱和危险的事物

爱，或不爱
抚平我全部的疤

我全部的创伤
和不治之症

爱，或不爱
在 18K 金的闪光中穿过敌意

女人

必要的时候
她退却，放弃，向众人投降

她用绳索勒紧剩余的爱

Zhanzai
Xingguang De
Xiukoushang

站在星光
的袖口上

026

燃烧

我们只安静地诵读旭日
朝霞、珠江和古城的流水

在无法确定的日子里
我们用白色的烟火
确认自己

在一个令所有人胆怯的夜晚
我们在星辰中，以潮汐

自居

暮雨

潮起潮落
一场暮雨降临在八月
我还是那个在雨中跌倒的人
在乌云之下，举起手中的
月色和灯火

当暮雨结束
我可以像猎人一样，拔枪，射击

芭蕉庄园

在心中种一片芭蕉
再建造一个小岛
搬来很多树、果子和繁花
动用一个人一生的爱
站在星空下，饮着潮汐和浪花

礁石撞击出大海的高潮
在心中开疆拓土，移植月色
去占领星群和渔船的灯火
用一个人一生的力量和激情
去填补心中的沟壑

在心中种一片芭蕉
落雨时，就在树下挖酒
在内心搭建一个火炉
燃烧苦涩的皮囊

尼厄丽德

Zhanzai
Xingguang De
Xiukoushang
站在星光
的袖口上

030

你擅长柔软，在水中
甩动长长的尾巴，或者扭动腰肢

你擅长一切短暂、微妙的表演
比如，继续甩动尾巴

关于你的传说
都在书中，海中，你美丽的诱惑中

尼厄丽德，当人类叫出你的名字
我们共同的祖先，在三千年前的海洋中潜行

注：尼厄丽德，也叫做美人鱼。

十二月的炉火

当我身无分文，当我陷入迷途
或者病入膏肓
我不再拥有远方的歌声
也不再有所眷念

十二月的炉火
在某个角落，燃烧，熄灭——

罪

Zhanzai
站在星光
Xi □□□ ng De
的袖口上
Xiukoushang

032

如果我有罪，就将我身上的火苗熄灭
一定不能让它在春天复燃

如果你们无法治我罪行
请将我的灵魂摘取
埋在流沙中，没有光明
永远——

如果此刻我罪行累累，请将我
押去神的监狱
你们要用众人的指责
将我戕杀

如果我有罪，勿将我白色的丝绸
递到敌人的手中

站立的雀鸟

有时，它只是站立
伸出尖尖的喙
绝不触碰身体里的伤

有时，它只是站立
头颅弯曲

它只是站立
目睹桉树的气息围绕屋宇

金沙洲

Zhanzai
站在星光
Xingguang De
的袖口上
Xiukoushang

034

日子慢慢地静下来
落在楼下的石凳上，落在雨后的
枝叶上，落在金沙洲的
楼群和黄昏里

在晴空丽日下
在斑驳的倒影从水中流过的日子里
我们深深地凝望

时间的反光
和从珠江河面传来的惊喜

深秋琐记

一个深秋
干树叶堆积的院落，萧瑟的
平静旷野

寒风掠过草原的辽阔
吹刮着寂静的天色
一堵厚厚的门
被白羊围绕

牧场的深秋应是这样
炉火在屋内燃烧
星辰在旷野上彷徨

傍晚写作

Zhanzai
Xing De
Xiukoushang
站在星光
的袖口上

036

我开始阅读、写作
风吹来霞光，河流送来月色
松枝与土拨鼠在原野上
我在屋檐下虚构
人类的命运

餐桌上，只有一盘水果
在蠢蠢欲动

夜行曲

无惧黑暗和风霜
一群人穿过广袤的沃野和深林
我们逆风而行，在一片平原的萧瑟中
藏好剩余的种子

这里种桑麻，那里种朝霞
这里要有黎明的床铺
那里要有霞光的屋宇

我们这群弱小的、透明的人
在大雨滂沱时，是沧海一粟
是云淡风轻
是虚无

老街

Zhanzai
Xingguang De
站在星光
的袖口上
Xiukoushang

038

你走在一条老街
那里清贫、干涩、堆积废旧的木器
你走着，一段凄凉的乐曲从房中传来
你走在一条老街，天空染红衣衫
破旧的围裙在餐桌旁孤寂

夕阳从山中来
我们来到盛大与昏暗的中间，来到菩萨的怀里

古代星火

我描述古代的月亮
以及月光下的生活

我描述古书里的一日三餐
以及前世的景色

我描述灯火
古人的归途，和理想

我描述一座寺庙的修建
和一个改名换姓的人

他将仗剑天涯，或头戴斗笠
渡江而去

他会围着一团火
或一座新修葺的茅屋

将一个朝代的鼎盛讲给后人
和已经作古的人听

三秋暖

我愿像光一样围绕你
像河水一样流经你
像藤蔓一样缠绕你
在你的一生中
成为春花秋月，和夏风冬雪

我的愿望是
有菩萨的庇护
有人类的祝福

有一个采菊的人，嘱我三秋暖

Zhanzai
站在星光
Xingguang De
的袖口上
Xiukoushang

040

絮语

1
你的剑刺入我的眼
我的惊慌装满十二月的风

2
我不会告诉你
七月的艳阳高照和苦尽甘来

3
我知道你
你知道这些休眠的风

4
你是三月的甘霖
我是四月的飞鸟
从你的眼中掠过万水千山

5
你将何时抵达
七月焰火的旺盛里

6
我抱紧七月的黎明
等你在山坳
在古代的晨曦中

沉寂的枝叶

Zhanzai
Xingguang De
Xiukoushang
站在星光
的袖口上

042

那些认真的雪
那些被掩在心中的羞愧

当我坐在庭院中，它们
来到我的眉宇、体内
和骨间

我热爱又热爱
我欢喜又欢喜

我不住地交换心中的暗号
垂涎的八尺高墙挂着古代的黎明
和一个战栗的黄昏

我记得那些被摧毁
死尸一般沉寂的枝叶

它们被深埋在地下
永远拒绝光
和青天白日

火焰之歌

这些让我放弃的虚无而神性的
胸膛里的浓烟

落日送走潮水
倦鸟建平静的归巢
明月天涯
芳草美人
我必将尝试醉酒和失败
重新爱上落败的人

我唯一爱过的火焰
它将在风雨中穿过雷鸣的爱

小房子

Zhanzai
站在星光
的袖口上
Xiu□□ng De
Xiukoushang

044

以我的泪水，全部心跳
以我在草原奔走的足迹
以黑夜给予我的宁静和深思

筑造的小房子
装满我在人世历经的风雨

它无须见证什么
它只要那样安静地
看着我在人间进进出出

像火焰

隐匿在诗中
可以感受到天地的广阔
深沉的影子和激烈的吻

隐匿在诗中，我
依旧可以远航，踏着星河
摘取园中的杏花和摇曳的影子
送给你

隐匿在诗中，我终于
可以像火焰那样热烈，那样向上

大海上

Zhanzai
Xingguang De
Xiukoushang
站在星光
的袖口上

046

我等待黎明
在海之尽头
直到一个果实在沉重的记忆里
滚落

那时，我将身披焰火
去热爱
去燃烧

那时，我将对着旷野说起海上的青鸟
以及篱下的鸸斯

暮色里

我拥有大片的火烧云
阔远的山坡
河岸上低头吃草的羔羊
和屋顶的一轮满月

倦鸟归巢，我拥抱着万物
只要张开双臂，我就拥有一切
它们在我的怀中做着
各自的美事

暮色里黄花满地
木桩整齐地立在道路两旁
它们似草木缠绕
在晚秋的广阔中竖起耳朵

我的心是这样

Zhanzai
Xinguang De
Xiukoushang
站在星光
的袖口上

048

拥有一颗囚徒之心
被浇灌
被拾取

当我知道风吹过猎人的不安
一张脸伸向敌人的腹部

我饮尽烈酒
对日光忏悔
我的心是这样

在悔过中求生

腐烂的果核

直到它们出现
直到腐烂的果核来到
我的手心里

攥紧它，像一个人激动时
喉咙哑默
直到它们来到族人的言辞里
颤抖——

然后，向众人祈祷

消瘦的灵魂

我们一遍遍默诵的
不是别的
是无数的真理
是咬文嚼字之后的沉思
是我们的身体离开星辰大海

我们一遍遍默诵的
是秃鹰嘶鸣，是我们日渐消瘦的
灵魂，与尘世的别离

栅栏

你从梦中醒来
又回到梦中，你只是
回到了唇上，战栗、岿然
跟着枝叶晃动

你喝光全部的岩石浆
在高高的火舌里
用爱和仁慈
搭建高台
然后用栅栏困住它们

比如现在

Zhanzai
站在星光
Xing Guang De
的袖口上
Xiukoushang

052

我轻轻地敲击
门、窗或键盘
没有声响，没有惊悸
一盏枯灯闪现柔弱之美

此时一条长河
流经我体内的高堂与烟火

奉献

蓝色的屋宇，红色的海
以及雾霭沉沉的天际

它们镇静如大地沉眠
在言辞的宽恕里
活过一百年

它们赞美、祈祷、聆听……
流出更多的泪水献给春天

海浪

Zhanzai
XIanguang De
站在星光
的袖口上
Xiukoushang

054

你的指尖夹着海浪
在我们的眼前
翻滚

带着火
带着红色的果核

翻滚

离开

我将离开
在每年的六月
风不断地将我吹干
吹向远方的须臾万变

我将离开
用铁或碎裂的方式

抵抗死亡带来的质问

灵魂

Zhanzai
Xingguang De
站在星光
的袖口上
Xiukoushang

056

我的灵魂空空荡荡
它坐在里拉琴的弦上忧郁

是这样：我的灵魂没有色彩
它立于原野的无垠之上
歌唱、酗酒——
像人类那样轰轰烈烈

在深夜里

带着星辰大海
带着无数光斑
在漆黑的、深夜的寂寥之下
想念你
像想念一个即将离别之人

那时，我会泪花飞溅
抱住夜晚的漆黑，和你剩余的爱

沉眠之人

如何在苦涩中等待黎明的到来
这伤口溃烂的五月
如何赤足迈进六月的清辉

灯塔
弗拉明戈的艺术
还有一夜未眠的双眼
法国的旗帜
陈旧的巴黎街区
安娜精致的妆容

平静之物，我知道
我还在幻想中，沉眠——

Zhanzai
Xi... ...ng De
Xiukoushang
站在星光
的袖口上

058

深秋简章

故乡的秋天
它要有稻穗、豆荚
和一场霜冻之夜

我要在稻谷场
携带秋天的辽阔
一个人走向生命的远阔

我将坐在河岸打开一个
完整的自己，一个没有
伤痛，没有悔过
没有病入膏肓的自己

我将在枯槁的光斑中
去记忆，去遗忘
以一个审判者的身份，去度量
生命的高低

我将跑在落日的前面
为了暴雨和高阳
我替自己命名

去饮

Zhanzai
站在星光
的袖口上
Xi... ...ng De
Xiukoushang

060

有人在诗中一气呵成
生命的气象
以及命运的波诡云谲

有人在诗中回到古代
效仿祖先
讲述一个人的命运
去爱炽热的桨
去饮水中的波澜

我们都在诗中
去爱，去描述
一个被放在盛世的骨感的春天

夜的骊歌

他们拣尽松枝和所有的悔意
他们用静默的眼神抱紧怀中的羽翅
他们向晨昏中的银桦张开颤抖的唇
他们用白色的火舌向神宣誓

我的夜色荡气回肠
我的夜色立于妩媚人间

疯老头

站在星光
的袖口上

Zhanzai
Xingguang De
Xiukoushang

062

你一边数着盘中的毛豆
一边说着邻居的寡妇

你说话的时候，多像一个疯老头说书
头不对头，尾不对尾

白云

洗吧！用喉咙里的诗琴
将白云收揽，放在湖中揉洗
用碧波里的涛声，用青海上空的靛蓝

给抬眼之处的雾气
放以盐巴和橄榄

洗白云的绵软
像攥住棉花那样拧干它

我的羽毛

Zhanzai
站在星光
XiU ... ng De
的袖口上
XiuKouShang

064

我吝惜房间里的羽毛
它们雪白、柔软，挂在床头
这些白色的羽毛，在书页中舒展
在阅读索德格朗的时候
它们尽情地摇摆

我

必须虚构一个伟大的晶体
手中的乐器
停止最后的鸣奏
我可以是一支破碎的曲调
日夜在山涧空谷
鸣响

我可以停止奔流
在一次无果的等待中
迷失，消亡——

我可以没有轮回
和一个爱人

莼鲈之思

Zhanzai
Xi__ng De
Xiukoushang

站在星光
的袖口上

066

雨下在兴安岭的西南山脉
各朝代的车轮碾过崎岖

他们须臾的清辉，酡红的旗帜
在闪电中褪去艳丽
他们在一场暴风来临的下午
在林木丛生的春天里
在昨日的阴云中，保持静穆——

他们
向未来的清晨，向热情的木桩
向被灌溉的沧海桑田
送来飞鹰的啼鸣

晚晴的草原上，有我的乍见之欢
有我夜夜守护的星宿和子民

信

一封来自西伯利亚的信
不再温暖，带着严寒
沿着双指流入我的肉身

此时，我仍旧孤寂
抱紧破旧的夜空踽踽独行
在浩瀚的星光之下，丢失
一封装满霜雪的信

它是我的琴音
它在我一生的日夜响彻

一枕秋风

Zhanzai
Xing Guang De
Xiukoushang
站在星光
的袖口上

068

一树海棠，一枕秋风
隔着唐朝的星辉
来到我的梦中

它们怀揣人间的灯火和秋阳
照见我体内的斑驳
它们吹着北极的昼夜
准备每一条支流的奔突

天地辽阔，我正扬眉、起跳、夜行
我全部的英勇
都在它们消失的刹那
那辽远、壮阔……
我从未目睹过那样的璀璨和明媚

信使

你们挥舞着长鞭，为爱而来
你们骑着棕色的马匹，为和平而来
你们为正义长久地站立在
秋风中

你们是古国的使者
带着兀鹰和弯刀
你们的声音如此坚韧、铿锵
仿佛暴雨降临

你们哑默无声时
惊雷从我的头顶闪过

陌上花开

Zhanzai
Xing Guang De
Xiukoushang
站在星光
的袖口上

070

在湖边行走，请出你体内旺盛的一个
我只记得远方的，无数人守护的

那是洁净的时辰
那是无声中颤抖的骄傲
那是一种卑微的绝望
那是如期而至的悲喜和孤独
那是晨风
当我诧异于眼前的微弱

眼前的事物
像是我至爱的家人

四月的小月季

四月的风声
四月的鼓声

四月，就这样在兵荒马乱中
从草原扬鞭而来
月亮卡在黄昏里
卡在一场雨后的傍晚里
枝叶茂盛时，小月季开在原野

我如此沉醉
在一片星空的沃野之下
没有起伏，没有浩瀚
没有大片的蚁群爬上我的苍穹
在浩渺的星空下，我梳理自己
从一到一百
四月的小月季爬过我的窗台

枝叶生长

多年来，我修篱种菊
那些乘着风帆而来的人群
走进我的生活
有时，他们站在我的屋顶
仿佛在与天地争论
仿佛在向菩萨祈祷
仿佛是另一个我
在焦急时保持镇定
在沉默时保持清醒
它们让我生长，犹如一株草木
在清晨露出崭新的色泽

海浪之下

我有我的悲欢和爱恨
我有我的未来
和虚荣
以及燃烧后的灰烬

在一望无垠的沙滩上
我躺在阳光里，任凭海水
冲洗我的胆怯和羞涩

海浪之下，我有一望无垠的羞赧
在潮汐的起落中向暮色远阔

雨夜

Zhanzai
Xingguang De
Xiukoushang
站在星光
的袖口上

074

你抱着夜晚，走在雨中
天空为你哭泣，松树为你祝福
沉睡的芭蕉为你照看未来

你沉睡在湿漉漉的大地上
接受暴雨的敲打
和虫豸的问候

你一个人流泪
把沉寂和历史的变迁交给无声的岁月
雨夜，你一个人目睹着

亲人的离开
人世的嬗变

我们之间

我看见白色的晶体
果实从内部开始腐烂
一根铁钉在缝隙中
锈迹斑斑

我看见蓝色的星球
宇宙中平静的火苗
无数流星
点缀的夜空

我看见你
一粒微弱的、暗淡的、寂静的种子
我们之间
似隔有一个春天

是你，是你

Zhanzai
Xi...ng De
站在星光
的袖口上
Xiukoushang

076

那个在房中低泣的人是你
那个在银河系惴惴不安的人是你
那个身披蓑衣，在雨中忙碌的人是你
什么时候那个人才能不是你

在何时
我们不相见
我们生死两茫茫

我们在各自的归途
星球，或时间的罅隙里
相向而驰

他

他持续地亮着，持续地
在不曾间断的损毁中
燃烧自己
风声是其存在的方式

他持续地站立，持续地
在众人的目光中后退
捶打自己
弯曲是他长久的站姿

他持续地等待，持续地
像布谷鸟静候松蚕
眼神和爪子落在枯树上
春天才是他的毕生所居

草原颂

我渴慕边境线上的山地向北
野花开进云层
领头羊返回古代的黄昏里
我渴慕马匹跑在天地的缝合线上
扎鲁特草原上的牧民
一遍遍喊我的乳名

在迷蒙的记忆里
我渴慕块状的林木孤独地站于原野
溽暑侵袭，对准我的惊慌和草地的寂寥
斑驳山影来到虫豸的欢喜中
草原上星火通明，照彻人间的沼泽与芬芳
一地的灌木便有了世人的祝福

我渴慕赞美
蒙古长调中的福祉和晚颂
以及马背上动人的传说
我渴慕草原上的顶碗少年
围坐在牧场，月色中
听马头琴在命运中交响

Zhanzai
Xing Guang De
Xiukoushang
站在星光
的袖口上

078

断章

1
我们的爱
迎着风，不知疲惫

2
你热爱哲学
在每个傍晚散步，或谈论康德

3
你赤裸
在短暂的光晕中
在黎明来临之前

4
清风是你身体的全部
而我只是一把火
在风中越燃越烈

5
我们要爱
无须言语

6

他们挨着野草生长
不再傲慢，不再骄横
像你，也像我

Zhanzai
Xingguang De
Xiukoushang
站在星光
的袖口上

080

7

我爱过这样的你
匆匆
一瞬

8

你将在桌前的烛光中许愿
带着古人的问候
带着我小小的私心

9

你不是我
也不是吹过我肩胛的风
你是清晨消散的露水

10

决不悲恸
不动用慈悲来描述你的一生

围炉夜话

冬日，我们将木桩劈成细小的碎块
捡拾院子里的秸秆，填满灶膛
冬日，我们漫山遍野地走，穿过大雪封门
走过村庄枯槁的落日
把煤炭塞进铁炉的刹那
我们感受到这旺盛的火苗像燃烧着古老的天地

冬日，我们安静地躺在稻草里
我们等待，在辽阔的寂静之中
我们这样围着炉子
整夜地坐着
或者在炉边烘烤、打盹
做一天的家务

冬日，我们收集一个人的过往
教它怎样如同炉火一样度过漫长的冬日

怀念古人

Zhanzai
Xingguang De
Xiukoushang
站在星光
的袖口上

082

我重复着古人的生活
要去江边垂钓，要去鹰的苍穹
和猛兽的丛林

要捕捞星星的影子和丽日的旨趣
要去古人的落日湖边
跟他们一起整理秋日的荒凉

我们一起迈进岁月的高山和草甸
去满族人的梓里，去远古的部落
——缅怀，探寻

去想象族人的欢腾和出征前
战栗的夜晚，以及
一个又一个灯火闪烁中的亲吻与离别

看海

我的双手已捧起全部的浪花
献给碧海蓝天
海鸥的歌声围绕浪花的白
向着远方，和天际
不再惊慌——

在颤抖中，它完成最后的飞行
在云的臂弯里，在羊驼的脊背上

早晨

Zhanzai
Xing Guang De
Xiutikoushang
站在星光
的袖口上

084

我祈祷，玫瑰的早晨
香樟树的早晨
一个孩子的早晨
不再忌惮、惊悸和畏缩
将长长的臂膀交给沉眠的天空
让它安详地靠着人间
和芳菲的碎絮

组章

1
这样奔跑
一个人
古代的城墙
隔着我们的前尘往事

2
我问候四壁的白石灰
屋顶的檩木
和门楣上的露珠
餐桌前，干净、整齐、素色的早餐

3
这是怎么样的激情
让我的兴奋如潮水
此起彼伏
带着夏日的涟漪

Zhanzai
Xin... ...ng De
Xiukoushang

站在星光
的袖口上

086

4

在沙漠中种植苦荞

在烈火中清点枯枝

在鼓声中抱紧秋风

在东北平原，以爱的名义

进入深冬凛冽的天空

我的颤抖与疲惫

呼啸而来

燃烧的时候

燃烧时，我将手放在叶簇的腹中
是什么让我在沉睡中惊醒

是玫瑰，是苹果园和海
是金色的麦穗突然
将我送出深秋的辽阔

当我从白鹤的山冈中归来
是什么让我突然战栗
是炽热、灰尘和栗色的气味
是腐烂的种子
长出嫩芽

颁金节

八百年前，先世以骨雕和鹿角制
图腾，以石器制渔具和斧凿
在兴凯湖有先世的茅屋
和最原始的炊烟
他们在山中、岸边逐水草而居
他们有静谧的渔猎生活
和瓦蓝的晴空
他们的木炭燃烧，火苗
穿过千年的寒冬

农历十月十三日，一个被族人熟知的
节日，歌舞、聚会和人群围绕着它
祭拜和信仰围绕着它
一条河流的上游聚集着一个民族
一种语言……
没有疾病、冲突与偏见

在纸张上进行一次朝贡，在东北的白山中
探寻颁金节的溯源：一路走过渤海国
和大金王朝，向着东夏的开元城
这些显赫而铿锵的跫音
在祖国的千秋中，日复一日地回荡

注：农历十月十三日，是满族颁金节的日子。

Zhanzai
站在星光
的袖口上
Xing Guang De
Xiukoushang

088

是那里

那里有呐喊、歌唱和黄昏
那里将在远方逝去
没有踪迹

那里的湖心有月光
有灵魂
有菩萨的关爱

那里渺小，却远阔
没有凛冽的场景
却有万里山河，炊烟绵延

第三辑 —————

二月生霜

夜晚降临

Zhanzai
Xing Guang De
站在星光
的袖口上
Xiukoushang

092

在电脑前写诗
看画
想象一张抖动的网
鱼越来越少
水越来越浑浊

只有盲人是清醒的
比我，更能意识到
夜晚的降临
以及灵魂的炽热

阿穆尔河畔

阿穆尔河畔的群羊转向针叶林
流水淌在黄昏的寂静里
黑鹰和猛虎站在肃静的光晕中
我们裹紧的兽皮充满未知与惊喜

遭遇严寒而枯槁的木桩
发出疼痛的哀鸣
我们一再消耗的火石和鱼骨
裸露在云雨的脊背上

我们拥着风
对四野的群山持续地点头
在阿穆尔河畔，我们素描出了祖籍
以及一个民族内部的根茎与繁茂

十字路口

Zhanzai
Xinguang De
XiuKoushang
站在星光
的袖口上

094

持灯在漫长的冬日
走过东北的村落

拥抱着这一刻的侘寂
芬芳与柔软

持灯在北方的十字路口
我是你即将失去的人

是你生命的滩涂和尽头
和一望无尽的河流

万物生长

盆地、山谷或丘陵
有你经过的地方
必有鲜花、沟渠
以及传说

有你经过的地方，芳草萋萋
云在山间，雨在琴中
茫茫大雾在歌声中
川流不息

我将脚踏飞燕
来到你的忧愁和哀伤里
去领会悲戚的时辰
和短暂的相依

道德

Zhanzai
Xi... ...ng De
的袖口上
Xiukoushang

站在星光
的袖口上

096

两种一致的命运相互碰撞
但没有火花

风总是向南吹
有人在躲避
用谎言

用儒家的德目

猎人

你遵守着被胸腔打乱的秩序
仿佛还在古代
汗水流经伤口，泪水洗净枯枝
在雪山和丛林里
你还是渴望黑鹰的到来

你一次次等待
晚归时必然要穿过雪野
来到丛林的沟壑前

你将继续穿梭，日日夜夜
在古代的星空与明月的指引下

观色

我急切地等待忧思者与深虑者
比肩时的神色
无须盔甲无须方剑，无须
多余的招式

他们在心底画出的波澜
令百舸争流千帆竞

清音会

古人的乐器在清音会上
扬琴、花腔鼓、双清和匙琴在席间响起
我们只是在星辰下坐着
在热河的大地上，将盔甲、弓箭和鞍辔
置于栅壕之上

我们走过去
挪走古代的月亮和秉烛
让我们流连的是八旗的瓯灯舞
是营帐前的骁骑校
是我们的先人整齐地跪在白山黑水前

铜鹰复在春天飞回北方
天空之下，一种旷日持久的击节之音
来到我们的身前，来到黎明的前方
暗语，不舍昼夜——

高山之绝唱

Zhanzai
Xi...ng De
Xiukoushang
站在星光
的袖口上

100

突然沉静，在某时某刻
突然惊慌失措，在卧雪的高原

为了找到旷远的歌声
行走在赤裸的冰雪之上

为了承受众神之爱
承受日照和风雪的指责

白雪之白，山川之寒
我都一一感受

它们在空中的绝唱
它们不被眷顾的年华

我们的瓯灯舞

八角鼓响起，而后是这些姓氏、祖籍和方言
这些疾病、惆伤和道德，在时间的
凝视之下露出沧桑，以及凝滞的目光

先人跳着瓯灯舞，在北方的白山黑水
在京城的四合院
在夜幕降临的篝火前

灯火明艳——
族人在鼎沸声中勾画着
历史的年轮与进程

他们跳着，欢呼着
过往从未忘记轻盈的舞步
人群穿梭其中，想象山水里的勃勃生机

清晨有喜

Zhanzai
Xing Guang De
Xiukoushang
站在星光
的袖口上

102

我捡拾这些嘹亮的字
它们歌唱着在玻璃上行走
在一片闪烁的河流上
沿着玻璃的反光
虚构诚实

我整理这些嘹亮的字
它们娇嗔、打滚
宛如一个孩子，歪着脑袋，吐出长长的舌头

虔诚之心

我站着，灵魂的双手伸过来
递给我焰火、圣果，和
古人的沙丘
我站着，音乐仿佛在高堂上
大海仿佛在光斑中
一个虔诚跪拜的人，仿佛对着天地
猛力地磕头
以求人类的谅解

素描手记

Zhanzai
Xi   De
站在星光
Xiuxiaoshang
的袖口上

104

有人说起你：深沉的叹息
标志性的微笑

歌唱家的低音，被寂静包围的深思
你前行又驻足
仰望心中的月亮
是皑皑白雪喊住你，是无尽的爱拉住你
用歌声
用自白
用一百枝盛放的玫瑰
让你听它体内的涛声，以及贝壳
被海浪敲打的声音

当有人说起你
我们感受到狂喜在寂静时的和鸣

希拉穆仁草原的苍穹

平顺的世界开始张口
呼吸，在希拉穆仁草原的半山腰上
白色的雾霭沿着流水的歌声
在牧人到来之前
我们并没有因为夕阳的结束
而结束一天的行程
我们走向希拉穆仁草原的发源地
白山上的亘古流芳
夕阳下沉，此时的苍穹向你走来
一片瓦蓝的光辉在你的头顶忽隐忽现
好像是我知道的唯一星球
光芒的椭圆球体

群像

Zhanzai
Xingguang De
Xiukoushang
站在星光
的袖口上

106

我们将接受一次教育
是水滴石穿，是欲言又止
是春天的火苗突然在黎明中复燃
是一种歌声追着另一种歌声
向历史的文明靠近

我们正接受一次洗礼
是脱胎换骨的决绝
是被众人擎在光芒中的斑驳
是阳光下
突然闪烁无数光辉的晶体
在充满芹香和歌声的路上

我们将走出人间的桎梏
挣扎着，怒吼着

一群未来的人

鹰猎：海东青

四百年前，人类依然拉鹰、驯鹰、放鹰……
——满族人的图腾
——一种神秘的鸷鸟
——一种从大海之东飞来的青色之鹰
——一种凶猛、矫健，充满野性
在北国羽族中被神选中的子民
四百年前，草原上空旷无垠，宁古塔之东
海东青世代繁衍
在雪域平原上，海东青立于马背
站在黄昏的夕阳里
站在无数个渔楼村民弯腰时的脊背上
鹰在一段长长的历史河流中
被驯化，被点名
当乌苏里江流域漫天飞雪，鹰站在
驯鹰人的眼中
从黑山绕过云层，飞入白水

博弈

这不是你的
而是我的
沉默，或
爱

它们背部的闪电
叹息，和火苗

当你走近
那往昔
斑痕一直待在你的腹部

Zhanzai
Xingguang De
Xiukoushang
站在星光
的袖口上

108

族的胎记

雪压白山，在东北山林中，有人挖参
有人埋伏在深草间，扎枪、猎叉
和弓箭斜挎在腰间。有人捕获
獐狍、病重的野鹿和一些喜寒的飞禽
有人将鹿茸捆在木桩上，猎狗
在雪地上撕咬着黎明
猎达祈福着，有人在山林中负伤归来

差徭与城堡，墩台与战火，在浑河山区
善射的人在马背上挥斥方遒
有人马革裹尸，有人一路亲征
有人率军攻打明、漠南和朝鲜
只有岳托病逝于山东途中
只有扬古利在天聪八年帽顶嵌珠
骑射使一个民族走向辽河平原

有人炒铁，在火焰中烧打黑夜的星光
有人行走在白山黑水，告慰先逝的亲族
神圣的稗草，悄然的跶音
被烈火和炽热的炉烧灼的铁皮
族人在历史的道子口伸出颤抖的手
有人深耕陇亩、制造武器
有人在满文字的创制中跋山涉水，开拓江河

羞赧和裂痕

Zhanzai
Xing Guang De
Xiukoushang
站在星光
的袖口上

110

沉淀
思索
喊亲人的名字

在流水的缝隙里
在古书的铿锵中
一个人对另一个人讲述

白塔
铜锁
和春寒的料峭

有人经过三月的白骨
有人在九月的稻谷中悲歌
很多人将星空抱在怀中

年复一年
这些被写在诗中的羞赧和裂痕
它们将再次获得菩萨的钦点

赫图阿拉城

在历史的岔子口行进
急切、生动地建立后金
十二月的最后一天，雪盖满老城村
在草屋、庙檐和木柴堆积的山岗上

她们目睹空旷、隆重的过往
一些关于石头的刻痕，关于乌鸦的记忆
关于在无边的荒原上凝望的黄狗
烟云和铁蹄，城池和汗宫
一个被托举的朝代

九十三名格格的晚清生活
在冬日的宫殿上，雪上加霜
仆人任性地砍柴、烧柴
把灶膛填得旺盛
她们在点将台、校场、堂子
在老街，逛十里闹市
疲惫和远嫁的口谕跟随着她们

沉思录

将自己沉下去，到潭底
打捞一粒石子

将自己凌乱的思想，沉下去
到月光的背面寻求真理

为了获得多数人的赞许
将自己沉进一种誓言

将白色的叹息，沉下去
等待与日暮一样的平静

沉下去，像是江水滔滔
带着萍水相逢的粗犷和深邃

生活的果实

长久以来，我获得了生活中
尖锐的、不朽的利器
在一次挣扎中，我获得了
圣洁的理想，洁净的灵魂
在一次跪拜中，我获得了人间的善
以及众生的爱
我获得了沉默、歌声、人类的关照
良辰美景，和无尽的勇气

长久以来，在生活的贫瘠和丰赡中
我忧伤的肉体获得了新生

喊

Zhanzai
Xing De
的袖口上
Xiukoushang
站在星光

114

在纸上写下你的名字，一遍又一遍
在山中喊你的名字，一遍又一遍
在心中默念你的名字，带着颤抖的转音
以及湿漉漉的勇气

一遍又一遍
一世又一世

山居秋暝

我已感受到海水冲击礁石
水草在唇上晃动，白果在腰间生长
栗色的羽毛从上到下
瑟缩着

我已感受到荒芜
在一个人命运的滩涂
沿着初秋的景致

居山中，我已感受到
秋日的含情脉脉
犹如一个娇羞的少女
从花架下莞尔

星期六

听门外的流水，秋日的步伐
一个人坐在电脑前
敲击出流云、山河
火花，和松枝

在偌大的庭院里
满树的果实，以及矗立在
绿藤下的瓜果

一个人坐在电脑前
敲击出先人的生活
白色的箭羽

敲击出江南、大漠和花柳
让他们疲惫的步伐
迈过故土
迈过一千年的风波

站在星光
的袖口上

Zhanzai
Xingguang De
Xiukoushang

116

山高月小

在这里，你可以拥青山入眠
听雨滴带来的好消息
你可以像流水一样
从容

你可以住在鸣涧的清泉里
黄昏的暮色里，刹那的闪电里
你可以像青苔一样
喜湿，青翠，长在水井中

在这里，你可以撑竹篙
行至菩萨的归隐处
你可以拜见天地
祈祷，忏悔，沉默或下棋

你可以在船中吟诵
江岸与荷花，石壁与远黛
你可以学李白饮酒，陶潜种菊
你可以静止或旺盛，如同江枫渔火

渡江中流水

Zhanzai
Xinguang De
Xiukoushang

站在星光
的袖口上

118

我沉默寡言，也渡江中流水
我捡拾弯曲的倒影
献祭天地和神灵

茫茫月色下
两个人谈论枯槁的人生
白檀一样的坚硬
如同生命

香蒲、水烛和慈姑
哪一个像你，哪一个像我
又有哪一个像你我的命运
在秋千上摆动
在雨后的清晨复苏

我们激动时
雨夜停止喧嚣，当我们紧紧相拥

我身体里的草原

从身体里围出一片草原
在上面种广袤和蔚蓝
建一座房子，屋前停放勒勒车
屋后是一条河流，群羊在冰面上
度过每一个忍冬花的冬天

秋草摇着静默的光阴和大地的空旷
我身体里的长赢年复一年
草原之上，炊烟四起，棚舍相连
泥土散发清香，雨水灌溉良田

谷穗上有我去年收获的稻香
它一直飘
飘向古代的星光，飘进先人的血液

它飘回我日思夜想的毡帐里
做永远的爱人

读纳兰性德

赏词在阳光照进来的时刻
纨绔子弟多生的时代。是谁在八旗豪门中
一鸣惊人。是谁过目不忘，带刀护驾
又是谁生于名门望族，渌水亭谈诗结拜

康熙十五年，你已武官三品
是你的词有顽艳和隽秀的美
是卢雨蝉的婉娈让你沉痛，是死亡
是亡妻令你卧榻
你或是曹雪芹的知己，是
清词的三分之一，是千古绝唱
是名满天下的一等侍卫

当王公贵胄醉于侯门深海
当权势和宫廷醉于清的喧哗
众人皆醉，唯你在玉案前沉思、悼亡
陷入无限的痛苦——
你在宫廷高墙中吟哦一阕阕词
葬花天气，"人生若只如初见……"
（"一生一代一双人……"）
五月三十日的天空有脆裂之响

Zhanzai
Xizaing De
Xiukoushang
站在星光
的袖口上

120

山间静物

有那么一瞬，我感到天地的静止
瞬息中永恒的惊喜
以及白茫茫的雪
在我命运的山水中融化

它洁白、坚决，有穷人的朴素
有敌人的尖锐
它流经我四季的黄昏
沼泽
它像是冰河上战栗的山羊
拒绝天地的恩泽
和热情的人类

母亲河之歌

在额尔古纳河上游，我是渐退的黄昏
我是羊肠般的河流
我是干净的流云和静谧的苍穹
如果有人问起我的祖籍、亲人和远阔的牧场
我会告诉你玉石、红山
以及穿越篝火的马头琴音
我会告诉你九万平方米的撩人
我还会告诉你那达慕会场的赛马队伍骐骥一跃

在额尔古纳河上游
商队从一个朝代走向另一个朝代
西辽河正演绎一段漫长的历史
牧场炊烟袅袅
族人在丘陵起伏的日月里，在沟壑纵横的大地间
收割晒谷场的稻穗和草叶

在额尔古纳河上游，河流交错冲突
达拉哈湖的小鱼跃出水面
沉睡的沙生、沼泽和草甸从古代苏醒
它们如此热爱，如同我
抱紧春日里的相逢

站在星光
的袖口上
Zhanzai
Xingguang De
Xiukoushang

122

古书

沿着风声，我们终于找到苜蓿、青杏仁
和一座简陋的草房子
我们坐着，任凭思想桀骜
借着烈酒翻越山高水长

是王维的渭城朝雨
是归燕和汉塞
是我们心中的漠北
在古书中

交错
直行
确立祖国的方向

未尽之诗

Zhanzai
Xing Guang De
Xiukoushang
站在星光
的袖口上

124

我重复着自己，在一首未尽的诗中
在汹涌的语言中。我重复着
一个人思考、疲惫，掸心尖的灰尘

白羽毛如何裹紧剩余的汁液
我的惊慌和胆怯，以及被冒犯的思想
皆在广州的灯火中获得新生

那一刻，我将重复昼夜的交替
重复明月下的影子，在水中
和命运的波澜里，时断时续，若隐若现

灯火

我爱你眼中虚构的灯火
整齐地闪烁在贫瘠的言辞里
它们显豁、独立，弯曲着冬日的星光
它们用丰腴的季节接过大地的恩泽

它们眺望你双肩上的灯火
落在荒原、古镇
哨声响起，有人如穷人般
点燃内心的篝火

它们烛照千古
和寒风中不朽的传说

除夕

Zhanzai
站在星光
Xing De
的袖口上
Xiukoushang

126

清晨，牧场里点燃爆竹的人骑车去向草原
一个诗人在黎明中托住微光

雨下了一夜又落在帽檐上
大地寂静无声

灯光里，我不断地敲击岁月
和门帘前的悔悟

空荡荡的夜晚，除夕
与以往并无二致

无非是我的心
又被清洗了一遍

二月生霜

拿去吧，都给你——我人生的姹紫嫣红
我命运里的劫难和佗寂
此时，两手空空，身体轻盈，只需躺下
我的胃、舌和思想返回原点
我这样长久地站立，背靠石壁
对行人表达悔意

我一个人沿着先人走过的沟渠
待二月生霜，就用落叶将自己掩埋

请

Zhanzai
Xingguang De
Xiukoushang
站在星光
的袖口上

128

把自己打开，放春风进来
放蔷薇进来，放布谷鸟鸣和清明的雨水进来
别拦着它们
别打断它们

今日，我是空的
须放它们进来，填补我在人间端坐时
月亮的须臾和身体的寂然

请——
被我吸引的人进来，为我晚祷

悠车谣

我们被神话吸引，梅花鹿跑向了深林
我们相信萨满先知的指点
用套马索……一个相见恨晚的人
一个一见钟情的人
我们相信长白山浴池的故事
我们一次次用树皮和枝叶
用铁环、皮绳和车钩做成悠车
我们把悠车挂在房梁，是的——
房梁或野外的高枝，我们在山中打猎
我们摇晃着悠车，当婴儿啼哭
我们要让婴儿沉睡，当睡枕装满米粒
红漆涂在桦木上，在远古，在旧社会
在我们祖先的家规家训里
在小的时候，我们时常被亲人挂在空中
一种突如其来的爱
在悠车里无比滚烫

采莲之歌

Zhanzai
Xiu Kang De
站在星光
的袖口上
Xiukoushang

130

去做一个仗剑走天涯的人
芒鞋、马匹和一壶烈酒
倚山川的芳翠，饮星河的光芒
在高原的脊背上鞠躬，向着人群和灯火
在栗色的马背上仰望，这大片的星汉灿烂

然后，继续——
向着潭中之水、林中之木
以及有老人和孩子的村中小路

有时，停下来
对着寺庙里的菩萨祈祷
有时枯坐在石块上，大喊一声
族人就从群山中走出来

乌拉锅

在逝去的三百年中，谁也没有忘
松花江上的船只，一排进贡的车队
乌拉火锅再次被皇家御用
额娘、阿玛……格格和贝勒
围桌而坐，富察氏的打牲乌拉城
——烟囱连着炭火
贾家的锅子，街上的雾凇，康熙唯一
热爱的铜锅，在人群的喧嚣中
在杯碟碰撞的声响中，谁也不会忘
将五花肉和酸菜放入沸水
谁又会忘记——
东北平原上辽阔的苍穹和贾福的真传

赶车人

Zhanzai
Xing Guang De
Xiukoushang
站在星光
的袖口上

132

太平车在去往高丽的路上

车辙、黄昏、关卡和凤凰城的水域

五倍子和苦练根，皮骨角和鱼物

千余驮被进贡和谢恩的物什都在路上

赶车人在崇山峻岭中"三里额房

五里柳河子，八里马蹄岭……"

那些被碾过的泥土和石子

那些被折断的枯枝

那些厚厚的积雪在山前林立

那些短暂而蛮横的力气在贸易的往来中

赶车人蜷缩着身体，在寒风中

显露紫色的脸，攒紧的手

一双双挂霜的眼盯住前方的走向

当赶车人光头恸寒，雇主会心生怜意

会以貂皮相赠，会馈饭

在漫长的雇车生涯中，赶车人

从白山黑水走到京城，走向朝鲜……

他们在清朝的山水间穿行

在族人的车辙中碾出沉沉的印痕

我们今夜跳舞

我们今夜跳舞，牵着月亮的衣角
踩着河流的音节在整齐的木桩上
马头琴在草垛间流浪
秋草竖起疲惫的耳朵
春风木刻未来，我们今夜跳舞
在宁古塔七色的倒影里

沿着先人的小路
步履蹒跚，鼓声交错，山谷涤荡跫音
我们的身躯浸染着痨疾
我们的灵魂在四野呜呜

我们今夜跳舞：萨满舞、秧歌舞、腰铃舞…
神在佛龛前——
我们曾把它们一一抱在怀中
我们曾在火焰中搬来明月和林木
煮茶，温酒，煲汤，整理睡前的渴慕

灯中十日

Zhanzai
Xingguang De
Xiukoushang

站在星光
的袖口上

134

坐在广州的黄昏里
这苦尽甘来的日子
落在晨阳和淅沥的雨中
光斑和时间的痕迹落在我的眼睛里
它们带着细碎的呼吸声
穿梭在大地棕色的羽翼上

雪屋有短暂的美，我们从别处
借来的欢喜，就这样用尽了

关于河流的永恒，和琥珀色的誓言
随冬日而来
我记住了羞愧的言辞里
紧密的拥抱和亲吻
这些美好和交错，绕过命运的颠踬
来到灯光中，相拥而泣

光之声

穿越千年，从一朵花瓣开始爱你
爱你在古代疆场上的驰骋

战壕中挥兵千里
突然地沉醉在寂静里

爱你一个人走在晚霞中
身后的夜幕降临
草叶朝向你离去的地方

爱你沉默后的安宁
归来时的少年心

在一道光中爱你，沿流水的缝隙
沿春天的归途
在一次声响中把你回望